GUÍA DE LECTURA

Escrita por Dominique Coutant-Defer
Traducida por Laura Bernal Martín

Manuscrito hallado en una botella

de Edgar Allan Poe

EDGAR ALLAN POE

HOMBRE DE LETRAS ESTADOUNIDENSE

- **Nacido en 1809 en Boston (Estados Unidos)**
- **Fallecido en 1849 en Baltimore (Estados Unidos)**
- **Algunas de sus obras:**
  - *Manuscrito hallado en una botella* (1833), relato
  - *La caída de la Casa de Usher* (1839), relato
  - *La carta robada* (1845), relato

Edgar Allan Poe, nacido en Boston en 1809, es un poeta y escritor de novelas y relatos cortos estadounidense que ha dejado una profunda huella en la historia de la literatura. Conocido sobre todo por sus relatos de atmósfera sombría y misteriosa, se le considera el precursor tanto de la novela policíaca como de la ciencia ficción y del género fantástico.

Tras haber estudiado en la Universidad de Virginia e intentado realizar una carrera militar, que fue corta, trata no sin dificultades de vivir de su pluma escribiendo para periódicos y publicando poemas, además de una novela, *Las aventuras de Arthur Gordon Pym*. Sus mayores éxitos vendrán de la mano de sus relatos, entre los que podemos destacar *La caída de la Casa de Usher*, *El hombre de la multitud* y *El gato negro*, entre muchos otros. Muere en Baltimore en 1849.

MANUSCRITO HALLADO EN UNA BOTELLA

UN ROCAMBOLESCO RELATO DE VIAJES

- **Género:** relato fantástico
- **Edición de referencia:** Poe, Edgar Allan. 2015. *Manuscrito hallado en una botella*. Madrid: Ediciones Fénix
- **Primera edición:** 1833
- **Temáticas:** naufragio, fantástico, supervivencia, piratas

Manuscrito hallado en una botella, escrito en 1833, es uno de los primeros relatos fantásticos de Edgar Allan Poe. Una revista de Baltimore que organiza un concurso le concede el primer premio y lo publica.

El relato, que transcurre en un ambiente sombrío, recupera la temática de los relatos de viajes rocambolescos: personajes perdidos en regiones desconocidas, inquietantes encuentros, elementos naturales hostiles, etc. La historia, que carece de diálogo, hace las veces de un diario que el narrador lanza al mar en una botella, y en el que cuenta su peculiar aventura: como único superviviente de un naufragio tras una terrible tempestad, se une a otra embarcación —de enormes dimensiones— que se dirige hacia el Polo Sur impulsada por vientos huracanados. En el barco se cruza con misteriosos marineros de edad avanzada que no advierten su presencia. El narrador, cuyas certitudes racionales se tambalean, se divide constantemente entre el terror y los intentos de encontrar una explicación, y lo hace hasta que, entre icebergs, el oleaje se lleva al fondo del océano al extraño navío.

RESUMEN

El narrador explica que el relato que va a exponer no es fruto de una caprichosa imaginación. De hecho, «a menudo se [l]e ha reprochado la aridez de [su] talento» (Poe 2015, 7). Sus largos estudios le acercan más bien hacia una «filosofía física» (Poe 2015, 7), cuyos principios aplica a circunstancias que *a priori* están muy alejadas de esta.

En 18**, después de haber pasado muchos años viajando y víctima de una «nerviosa inquietud que [l]e acosaba como un espíritu malévolo» (Poe 2015, 8), el narrador se embarca en la isla de Java en un crucero por el archipiélago de las islas Sonda. El barco va cargado de algodón, de aceite, de azúcar y de algunas cajas de opio. El viaje se revela monótono, solo interrumpido por el encuentro con algunos barcos de cabotaje.

Una tarde, el narrador observa que las condiciones meteorológicas han cambiado bruscamente: el mar es más transparente, el aire se ha vuelto muy cálido y el viento ha dejado de soplar súbitamente. Aunque el capitán del navío no se muestra preocupado, el narrador está «sobrecogido por un mal presentimiento» (Poe 2015, 9) y, en realidad, teme la llegada de un simún (viento cálido y violento). Incapaz de dormir, sube a cubierta a medianoche. Entonces, una enorme ola impulsada por un viento violento sumerge al barco, que empuja al narrador a un costado de este. Con todo, el hombre consigue levantarse y, aturdido por el golpe, vuelve en sí poco a poco, asustado por «el remolino de olas enormes y llenas de espuma» (Poe 2015, 10).

Llama a un anciano sueco que embarcó en el mismo momento que él y se da cuenta de que solo ellos han sobrevivido. El barco está muy dañado, pero el cargamento está intacto. Los dos hombres se alimentan de melaza, sacada a duras penas del cargamento. La peor parte de la tempestad ha pasado, por hay fuertes ráfagas de viento y, durante cinco días y sus respectivas noches, el barco se dirige a gran velocidad hacia Nueva Holanda (la actual Tasmania). El narrador teme encallar en la costa.

Llegado el quinto día, el frío se intensifica y el sol apenas asoma unos instantes en el cielo, hacia mediodía, antes de desaparecer en el océano. El barco navega a través de «un negro y sofocante desierto de ébano» (Poe 2015, 11). La desesperación se apodera de los dos hombres, asegurados a la base del palo de mesana y azotados sin pausa por enormes olas. El narrador se prepara para la muerte, que cree cercana. Se da cuenta de que han descendido mucho hacia el sur y se sorprende de que no haya icebergs.

De repente, el narrador contempla «un espectáculo que [l] e h[iela] la sangre» (Poe 2015, 12): en la cresta de una ola aparece un navío gigantesco, iluminado por una luz rojiza. La embarcación termina precipitándose sobre la del protagonista y, tras golpearla, le lanza contra el enorme navío.

Tras este acontecimiento, el narrador encuentra un escondrijo en el barco y ve pasar a un hombre de suma vejez, que parece débil y solemne al mismo tiempo. Se siente totalmente ajeno a este nuevo mundo: «Un sentimiento que no puedo definir se ha posesionado de mi alma»[1], lo que supone un suplicio para su espíritu racional. Decidido a no salir de su escondite a pesar de haberse dado cuenta de que pasa desapercibido a ojos de toda la tripulación («esta gente no quiere ver»[2]), decide continuar redactando en un diario de navegación su aventura, que consigue escribir gracias al papel y a las plumas que encuentra en la cabina del capitán ante los ojos de este último. Más adelante, tirará el manuscrito al mar, dentro de una botella.

Cuando inspecciona el barco, descubre que se trata de un modelo desconocido construido con materiales muy diversos procedentes de épocas diferentes, que le recuerda a «viejas crónicas extranjeras y de épocas remotas» (Poe 2015, 16). También avista una pequeña vela en la que se puede leer la inscripción «descubrimiento». Tras mezclarse entre un grupo de marineros que parecen no percatarse de su presencia, se da cuenta de que todos tienen una edad avanzada y de que están rodeados de instrumentos matemáticos obsoletos.

El navío continúa su demencial carrera a través de la tempestad, rodeado de murallas de hielo. «Estamos condenados a flotar indefinidamente al borde de la eternidad sin precipitarnos por fin en el abismo» (Poe 2015, 17), afirma el narrador, que atribuye este milagro a una poderosa corriente submarina que les dirige al Polo Sur. «Es evidente que nos precipitamos hacia algún conocimiento apasionante [...] cuyo descubrimiento lleva en sí la destrucción» (Poe 2015,

---

1. Cita traducida por ResumenExpress.com
2. Cita traducida por ResumenExpress.com

19), dice al darse cuenta de que la tripulación no da señales de desespero, sino de ardiente esperanza.

De repente, el navío es presa de vertiginosos torbellinos cuyos círculos concéntricos se estrechan con rapidez: «[...] entre el rugir, el aullar y el atronar del océano [...] el barco trepida... ¡oh, Dios!... ¡y se hunde ...!» (Poe 2015, 20).

ESTUDIO DE LOS PERSONAJES

EL NARRADOR

Se supone que el narrador ha redactado su diario de navegación y que, tras arrojarlo al mar dentro de una botella, se convertirá en el *Manuscrito hallado en una botella*. Desconocemos su nombre y su apariencia física.

Antes de contarnos su extraño viaje evoca su juventud —afirmando que prefiere olvidarla— y la excelente educación que ha recibido. Apasionado por el estudio, se interesa sobre todo en la filosofía alemana y disfruta señalando sus errores. Se distingue por su absoluta falta de imaginación y su facultad para ponerlo todo en duda. También es presa de una «nerviosa inquietud» (Poe 2015, 8) que le anima a emprender numerosos viajes.

Su terrible aventura en el océano Índico hace que sus seguridades racionalistas se tambaleen y le sume en un constante terror. A pesar de su miedo a la muerte, que cree que le acecha sin cesar, a lo largo de todo el relato intenta observar detalladamente todo lo que le rodea y encontrar una explicación lógica a los cuando menos extraños acontecimientos que jalonan su travesía.

EL SUECO

El sueco es un anciano que embarca en Java al mismo tiempo que el narrador. No sabemos cómo se llama y solo realiza una breve aparición en el relato. Junto con el narrador, son los únicos supervivientes a la tempestad que diezma a toda la tripulación del primer barco. Se mostrarán solidarios frente a la adversidad. El sueco es el único que pronuncia palabras en discurso directo en el relato: le señala al narrador la presencia del gigantesco barco. Este personaje desaparecerá cuando ambos navíos colisionen.

LOS MARINEROS DEL MISTERIOSO NAVÍO

El narrador destaca en un primer momento la extremada vejez de los marineros que se encuentran en el misterioso navío y el vago sentimiento de terror que siente al verlos. El capitán «denotaba poca firmeza y una avanzada edad»[3], y habla para sus adentros con una voz baja y rota, en una lengua que el narrador no comprende. Los demás miembros de la tripulación también son débiles y ancianos: sus rodillas tiemblan de debilidad, su piel está arrugada y «la decrepitud les [inclina] los hombros» (Poe 2015, 16). Sin embargo, durante el naufragio final y aunque parecen preocupados, «en sus semblantes la ansiedad de la esperanza supera a la apatía de la desesperación» (Poe 2015, 20).

---

3. Cita traducida por ResumenExpress.com

CLAVES DE LECTURA

ESQUEMA NARRATIVO

Situación inicial: es el inicio de la historia, el momento en el que se pone en contexto y en el que se nos presenta a los personajes. La situación es equilibrada, es decir, no tiene razón alguna para evolucionar.

- El narrador se embarca en un navío para realizar un crucero por las islas Sonda.

Elemento perturbador: es un acontecimiento que perturba la situación inicial y que desencadena la historia propiamente dicha.

- Una violenta tempestad daña severamente el navío.

Peripecias: son los acontecimientos provocados por el elemento perturbador y que desencadenan la o las acciones del héroe para resolver el problema.

- Sin embargo, el navío sigue avanzando a través del frío y de la oscuridad polar con dos supervivientes a bordo, el narrador y un anciano sueco. Un día, un gigantesco barco se aproxima y el narrador acaba siendo arrastrado a este por un violento viento. Una vez ahí, descubre que los marineros son unos ancianos que no advierten su presencia y que el barco está equipado con un material obsoleto.

Desenlace: pone fin a las peripecias y lleva a la situación final.

- El navío parece acercarse al Polo Sur, rodeado de icebergs.

Situación final: es el final de la historia. La situación es estable otra vez, como la situación inicial, pero ha sufrido cambios.

- El barco se hunde de repente en inmensos torbellinos que se abren a través del hielo.

UN RELATO FANTÁSTICO

Un relato es un escrito breve que se centra en una sola peripecia: en *Manuscrito hallado en una botella*, se trata de la extraña aventura marítima del narrador. En general, los personajes son poco numerosos, como es el caso en este relato de Poe, y los acontecimientos, a menudo contados cronológicamente, progresan hacia un final que acaece de repente. En este relato, el final deja al lector lleno de dudas: puede preguntarse qué ha sido del diario de navegación del narrador, si este último ha sobrevivido, o si le ha dado tiempo a tirar su manuscrito al mar.

Un relato puede tener un cariz realista (los acontecimientos narrados parecen reales) o fantástico: en este último caso, el lector es arrastrado a un mundo a medio camino entre lo real y lo sobrenatural, como sucede en *Manuscrito hallado en una botella*. De hecho, Poe es considerado uno de los precursores del relato fantástico.

A menudo, la novela fantástica agrupa las siguientes características, que también encontramos en el relato analizado:

- la ausencia de límites entre lo real y lo sobrenatural. La historia narrada en *Manuscrito hallado en una botella* comienza en un lugar real, en Java, donde el narrador embarca en un crucero por las islas Sonda, en el océano Índico. El viaje comienza con normalidad, y el narrador llega a señalar la monotonía de los primeros días. A continuación, sin que nos percatemos de ello, el relato evoluciona para inscribirse en un marco fantástico: el viento cesa y un calor abrasador se apodera del barco. Entonces, el narrador siente «un mal presentimiento» (Poe 2015, 9). Después, los elementos se desatan y el barco, seriamente dañado, se desvía de su ruta. Enseguida desaparecen los puntos de referencia espaciotemporales y el navío vaga a través de la oscuridad polar. El narrador cree que se dirige al Polo Sur, una frontera mítica en la época (no se descubre hasta 1911), pero no hay nada claro;
- la progresiva acumulación de elementos extraños. Cuando se acerca la situación final, el relato fantástico se puebla a menudo de seres o elementos cada vez más inquietantes que suscitan dudas y angustia tanto en los personajes como en el lector. En la segunda parte de *Manuscrito hallado en una botella* el narrador se ve lanzado contra un barco gigante tras perder a su único compañero y hace referencia a su «intenso terror» (Poe 2015, 13). Entonces, los elementos sobrenaturales se multiplican: el barco lo tiene todo para ser una embarcación fantasma y está habitado por marineros de edad avanzada, una especie de muertos en vida que ni siquiera se percatan de la presencia del narrador. El barco señala su presencia con una luz rojiza, al igual que el legendario «holandés errante», un barco condenado a vagar eterna-

mente por los mares por haber desafiado al cielo cuando se apresuraba a doblar el cabo de Buena Esperanza. El relato se cierra con el hundimiento del misterioso navío, tragado por las aguas. La temática del hundimiento, de hecho, se utiliza frecuentemente en los relatos fantásticos, como en *Sobre el agua* o *Carta que se encontró a un ahogado* de Maupassant (escritor francés, 1850-1893);

- personajes desorientados. El personaje central de la obra de Poe no deja, a lo largo de toda la historia, de hacer referencia al creciente terror y estupefacción que siente ante los acontecimientos. Se presenta en primera instancia como un hombre racional, desprovisto de toda imaginación y, por tanto, poco inclinado a admitir fenómenos sobrenaturales, que sin embargo le hacen experimentar «una sensación que no admite análisis»[4], que supone un suplicio para su espíritu ávido de lógica. A lo largo de todo el relato, intentará explicar lo que ocurre emitiendo todas las hipótesis racionales posibles: la casualidad, una corriente submarina, etc. «La curiosidad por penetrar en los misterios de estas regiones horribles predomina sobre mi desesperación» (Poe 2015, 19), afirma. La inquietud y las dudas de carácter fantástico nacen gracias a este constante desequilibrio entre razón y sumisión a lo sobrenatural. En el texto de Poe, esto se ve reforzado por la elección del punto de vista interno (todo se ve a través de los ojos del propio narrador, que a su vez es el personaje principal), por la ausencia de diálogos y por la soledad del personaje, elementos que parecen encerrar al lector en la mente del héroe-narrador, dejándole la opción de elegir

---

4. Cita traducida por ResumenExpress.com

entre una pesadilla y una terrible realidad. En este punto nos sumergimos en la propia naturaleza del género fantástico, que se caracteriza por vacilar desde el principio hasta el final de la obra entre una explicación racional y una sobrenatural. La angustia nace de la imposibilidad de decantarse por una de las dos explicaciones.

PARA IR MÁS ALLÁ

EDICIÓN DE REFERENCIA

- Poe, Edgar Allan. 2015. *Manuscrito hallado en una botella*. Madrid: Ediciones Fénix.

EN RESUMENEXPRESS.COM

- Guía de lectura de *Los crímenes de la calle Morgue* de Edgar Allan Poe.
- Guía de lectura de *La caída de la Casa de Usher* de Edgar Allan Poe.
- Guía de lectura de *La carta robada* de Edgar Allan Poe.
- Guía de lectura de *El gato negro y otros relatos* de Edgar Allan Poe.
- Guía de lectura de *El escarabajo de oro* de Edgar Allan Poe.

ISBN ebook: 9782806283283

ISBN papel: 9782806284907

Depósito legal: D/2016/12603/425

Cubierta: © Primento

Libro realizado por Primento*, el socio digital de los editores*